小公主

the little princess

小公主 執起包

決意四處流浪

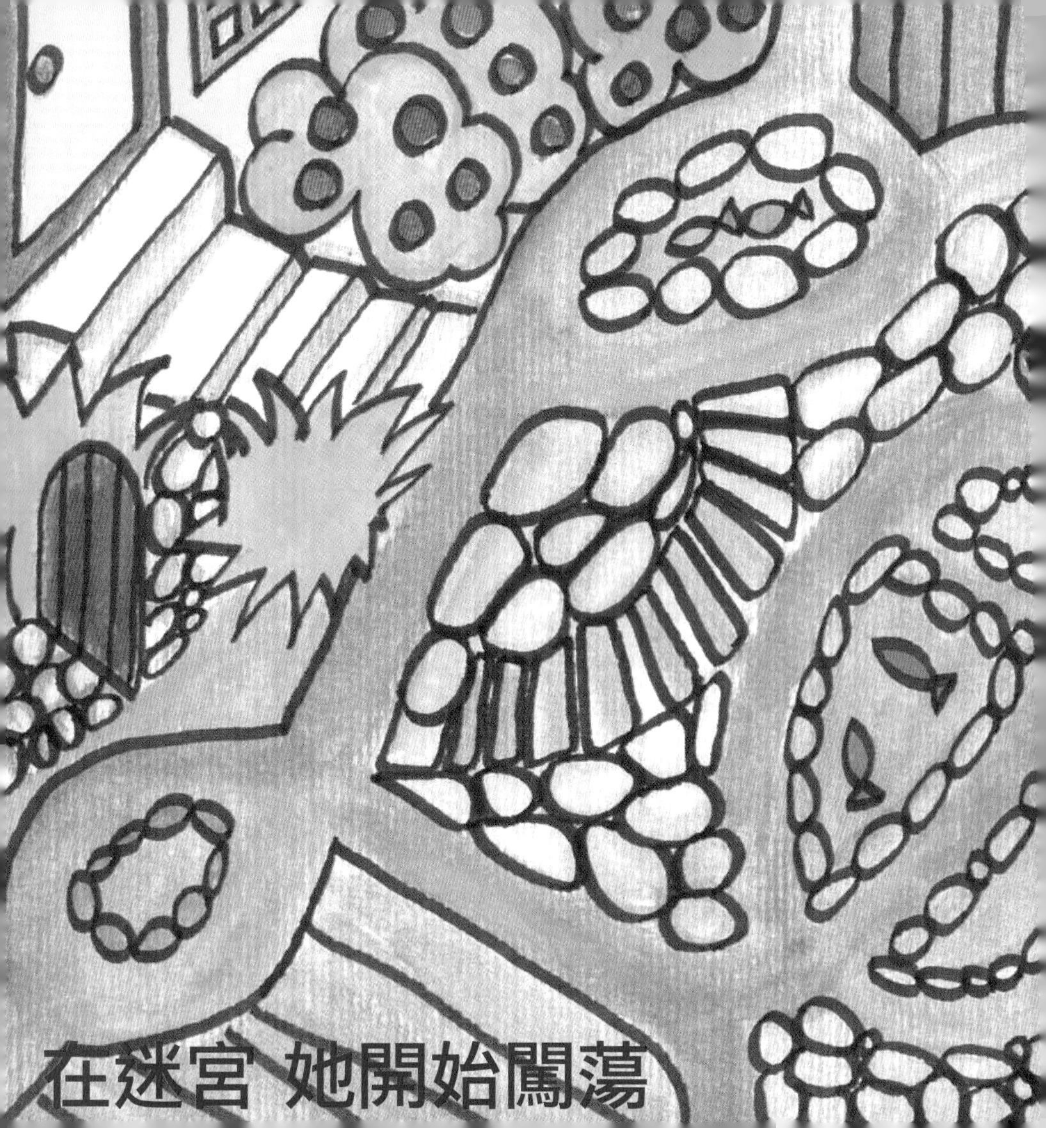

在迷宮 她開始闖蕩

未怕遇上大豺狼

探險 她心裡有點慌不免
大概 勇氣叫她向前

好奇心左轉了又轉圈
人生分岔路任挑選

蹦蹦跳跳高聲唱歌
世界有空氣拍和
蹦蹦跳跳高聲唱歌
多得您沿途撐我

小公主 望著星塵
讚嘆宇宙無限

用人生將一切發掘

the little princess

未怕風沙大浪阻隔

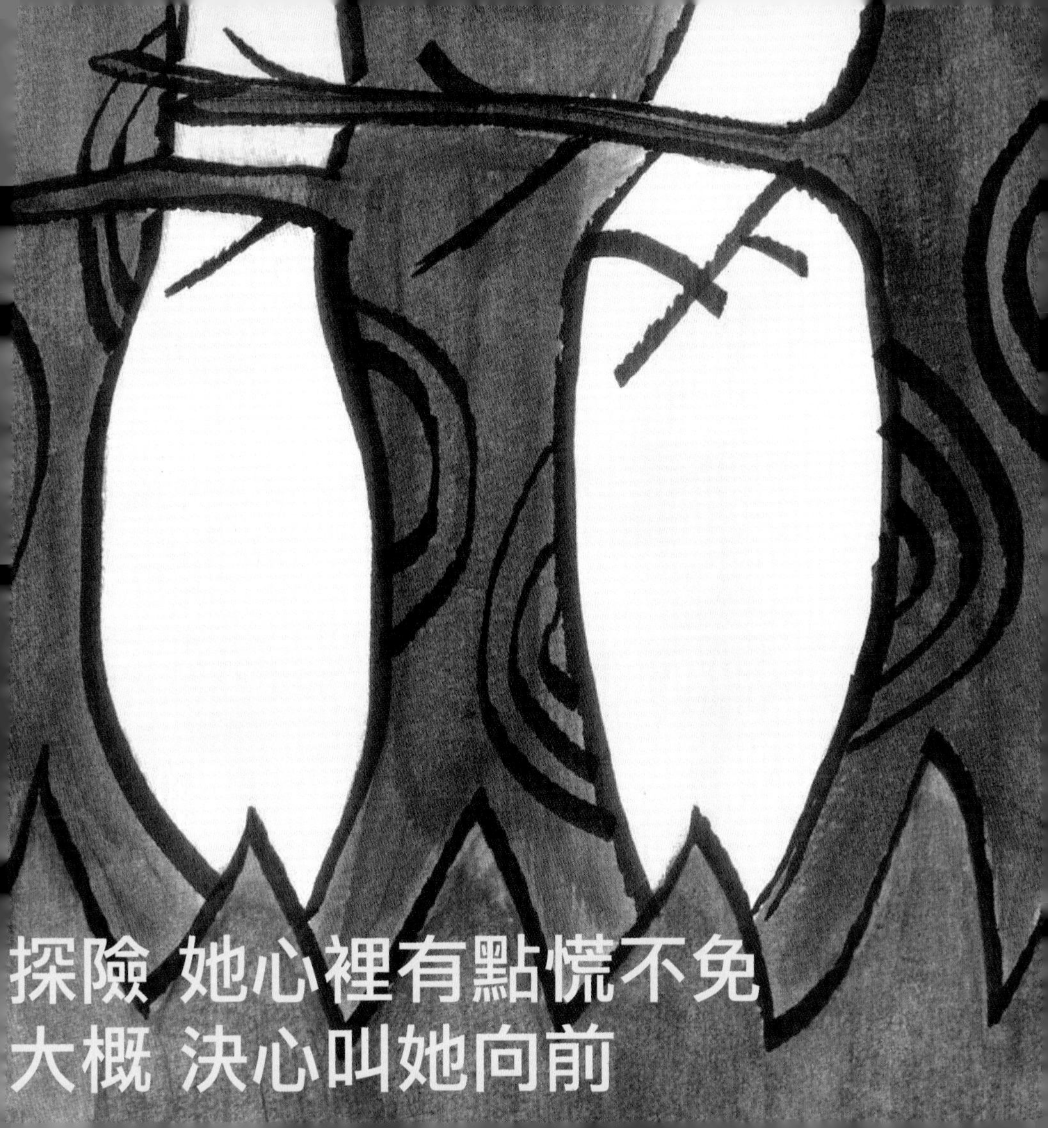

探險 她心裡有點慌不免
大概 決心叫她向前

向著目標她自信堅持
成長的路滿佈荊刺

蹦蹦跳跳高聲唱歌
世界有空氣拍和

蹦蹦跳跳高聲唱歌
多得您沿途撐我

小公主 說說心事
淚滴了 夜怕雷電

路途中的四季遷移

未怕光陰贈送疤結

探險
她心裡有點慌不免

大概
鬥志叫她向前

懷著信心起舞又轉圈

定有一天您會被加冕

蹦蹦跳跳高聲唱歌
世界有空氣拍和

蹦蹦跳跳高聲唱歌
多得您沿途撐我

小公主　　　曲/詞：梳乎厘

小公主 執起包袱 決意四處流浪
在迷宮 她開始闖蕩 未怕遇上大豺狼
探險 她心裡有點慌不免 大概 勇氣叫她向前
好奇心左轉了又轉圈 人生分岔路任挑選

蹦蹦跳跳高聲唱歌 世界有空氣拍和
蹦蹦跳跳高聲唱歌 多得您沿途撐我

小公主 望著星塵 讚嘆宇宙無限
用人生將一切發掘 未怕風沙大浪阻隔
探險 她心裡有點慌不免 大概 決心叫她向前
向著目標她自信堅持 成長的路滿佈荊刺

蹦蹦跳跳高聲唱歌 世界有空氣拍和
蹦蹦跳跳高聲唱歌 多得您沿途撐我

小公主 說說心事 淚滴了 夜怕雷電
路途中的四季遷移 未怕光陰贈送疤結
探險 她心裡有點慌不免 大概 鬥志叫她向前
懷著信心起舞又轉圈 定有一天您會被加冕

蹦蹦跳跳高聲唱歌 世界有空氣拍和
蹦蹦跳跳高聲唱歌 多得您沿途撐我

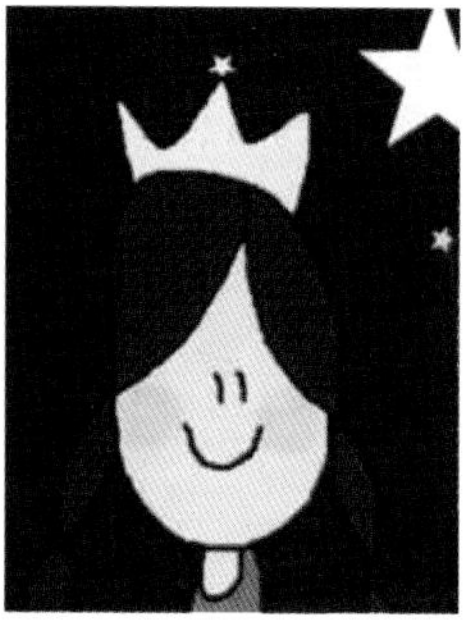

Hi 我係 Amy Tsui～！！

筆名『梳乎厘』。。。

【小公主】係我第一本創作嘅繪本。

請多多指教！！

繪本當中主角——小公主係我五歲時畫嘅自畫像。而故事係以我2005年創作嘅一首同名歌曲內容為藍圖所繪畫而成。

大概。。。

每個女孩心裡都住左一個小公主。

在成長嘅階段會與自己內心心靈對話及一起共同向前走。

在此我謹將此繪本獻給我嘅老豆、媽咪。感謝你哋嘅養育、教導。及感謝各位老師、好友、家人的鼓勵與支持。

最後。希望各位小公主都有一段難忘美好嘅旅途。。。

Amy Tsui 敬上

書名	小公主 the little princess
作者	梳乎厘
封面設計	梳乎厘
美編	梳乎厘
出版	超媒體出版有限公司
地址	荃灣柴灣角街 34-36 號萬達來工業中心 21 樓 2 室
出版計劃查詢	(852)3596 4296
電郵	info@easy-publish.org
網址	http://www.easy-publish.org
香港總經銷	聯合新零售 (香港) 有限公司
出版日期	2024 年 1 月
圖書分類	流行讀物
國際書號	978-988-8839-50-6
定價	HK$128

Published in Hong Kong